SCÈNES D'UN MONDE FLOTTANT

DU MÊME AUTEUR

Récits, cheminements, voyages-voyances

LES LIMBES INCANDESCENTS, traduction Patrick Mayoux, Paris, Denoël, colle tion les Lettres nouvelles, 1976.

DÉRIVES, plusieurs traducteurs, Paris, Lettres nouvelles/Maurice Nadea 1978.

L'ÉCOSSE AVEC KENNETH WHITE, Paris, Flammarion, 1980.

LE VISAGE DU VENT D'EST, traduction Marie-Claude White, Paris, les Press d'aujourd'hui, 1980.

LA ROUTE BLEUE, traduction Marie-Claude White, Paris, Grasset, 1983. Pr Médicis étranger.

LETTRES DE GOURGOUNEL, édition revue et augmentée, traduction Gil Marie Jouanard, Paris, Grasset, les Cahiers Rouges, 1986.

Poésie

EN TOUTE CANDEUR, édition bilingue, traduction Pierre Leyris, Paris, Mercu de France, 1964.

MAHAMUDRA, LE GRAND GESTE, édition bilingue, traduction Marie-Clau White, Paris, Mercure de France, 1979.

ODE FRAGMENTÉE À LA BRETAGNE BLANCHE, Bordeaux, William Blake & C 1980.

LE GRAND RIVAGE, édition bilingue, traduction Patrick Guyon et Mari Claude White, Paris, le Nouveau Commerce, 1980.

TERRE DE DIAMANT, édition bilingue revue et augmentée, traduction Philip Jaworski, Marie-Claude White et l'auteur, Paris, Grasset, 1983.

ATLANTICA, édition bilingue, traduction Marie-Claude White, Paris, Grass 1986.

Essais, recherches

SEGALEN, THÉORIE ET PRATIQUE DU VOYAGE, traduction Michelle Tran Van Kh Paris et Lausanne, Alfred Eibel éditeur, 1979.

LA FIGURE DU DEHORS, Paris, Grasset, 1982.

UNE APOCALYPSE TRANQUILLE, Paris, Grasset, 1985.

KENNETH WHITE

SCÈNES D'UN MONDE FLOTTANT

Édition bilingue revue et augmentée
Poèmes traduits par
Marie-Claude White

BERNARD GRASSET
PARIS

Le titre anglais de l'édition bilingue est :
Scenes of a Floating World

Pour Alfred Eibel et pour tous ceux qui passent entre l'Orient et l'Occident dans ce monde flottant.

PRÉFACE

La première édition de ce livre a paru sous le titre *Hong Kong, scènes d'un monde flottant.* Si, dans cette nouvelle édition revue et augmentée, je supprime dans le titre le nom de la ville, c'est sans doute pour inviter à des extrapolations.

Afin de développer la notion de « monde flottant », j'ai fait précéder la séquence de poèmes, qui seule constituait l'édition originale, d'un essai sur le monde flottant (*ukiyo*), tel qu'il se dessine dans la culture japonaise du XVIIe siècle et dont tout le monde a vu l'illustration dans les estampes de Hiroshige, Hokusai, Utamaro et quelques autres.

Je fais suivre les poèmes d'extraits de mes carnets chinois. Ces notes touchent à beaucoup de choses (littérature, cinéma, traduction...), mais elles constituent peut-être avant tout l'ébauche d'une esthétique, la préfiguration d'une poésie qui est dans l'air, ou sur la mer. Je pense à une œuvre encore inconnue à laquelle plusieurs voix collaboreraient.

K. W.
Pyrénées-Atlantiques
automne 1982.

LE MONDE FLOTTANT

« En somme il faut rester le plus longtemps possible dans cette excitation cérébrale que des femmes et des villes associées savent provoquer chez des individus de mon espèce. »

PIERRE MAC ORLAN.

J'ai eu très tôt le goût de ce que Joseph Delteil appelle la « poésie de la distance ». Cela remonte à l'époque où je lisais assidûment la Bible.

On n'entre pas impunément dans ces contrées lointaines et transcendantales où Dieu est dans le vent du désert et dans les brumes de la montagne. On ne regarde pas, sans que le cerveau s'en trouve dilaté, ces images — ma première Bible était abondamment illustrée — de Tyr, de Sidon, du mont Sinaï où parlait l'ange, de Chypre d'où venait Barnabé le Lévite et des ruines somptueuses et désolées de Babylone...

Je me rappelle aussi tel petit livre de contes indiens qui parlaient de princesses perdues dans la jungle, et tel autre recueil de contes chinois tout en ruses et en astuces...

Par la suite, j'ai lu Rudyard Kipling et Robert Louis Stevenson.

« Le poète de *l'Ile au trésor*, écrit Pierre Mac Orlan, vivait ses rêves en marge de ce monde, quand, selon la sagesse de Mulvaney, le soldat de *la Route de Mandalay* de Rudyard Kipling, le bien et le mal se mêlent au-delà de Suez. »

Oui, le bien et le mal se mêlaient, comme le reste.

Dix-huit ans, à Glasgow, logé dans une petite chambre garnie, à la fenêtre de laquelle le brouillard se frottait comme un chat.

Je lisais Mac Orlan : *le Quai des brumes, Filles et ports d'Europe, A bord de l'Étoile Matutine...* Je lisais Cendrars : *Histoires vraies, Rhum, Bourlinguer...* Je lisais Conrad, Segalen... la mer de Chine, le Yang-tseu... Je lisais des romans chinois comme *le Rêve de la chambre rouge* ou *Ta chair est un tapis de prière.* Je lisais les Japonais : Akutagawa, Kawabata, Tanizaki...

Et je voyageais.

J'allais de port en port : de Glasgow, avec ses lascars, à Anvers, avec ses hachischins, d'Anvers à Amsterdam aux péniches hallucinées...

Je suivais les chemins du hasard et les pistes de mon désir.

Quelques poètes m'accompagnaient.

Vous souvenez-vous de la « Marizibill » d'Apollinaire ? Toute mon adolescence s'y trouve, s'y retrouve :

Dans la Haute-Rue à Cologne
Elle allait et venait le soir
Offerte à tous en tout mignonne
Puis buvait lasse des trottoirs
Très tard dans les brasseries borgnes

Elle se mettait sur la paille
Pour un maquereau roux et rose
C'était un juif il sentait l'ail
Et l'avait venant de Formose
Tirée d'un bordel de Shanghai...

Je faisais des rencontres, parfois grotesques : cette Japonaise à Rotterdam pour laquelle Kawabata, dont je faisais mes délices, était « vieux jeu » et qui ne jurait, elle, que par Honda et une boîte de nuit à Tokyo appelée, si mes souvenirs sont exacts, la Banane Folle.

Même oreiller, rêves différents, dit le proverbe chinois.

Lire, voyager, rencontrer — et tout se mêle à tout.

Souvenirs, souvenirs.

« J'ai plus de souvenirs que si j'avais mille ans. »

Sentiment océanique.

« Ce jour-là, la geisha Koren et moi avons pris un des petits bateaux qui font la navette entre le pont de Ryōgoku et le quartier Honjo et sommes allés admirer les pivoines... »

Le rêve de la longue errance, le rêve de la totalité perdue.

La réalité du monde flottant.

Dans son *Histoire du Japon*, Engelbert Kaempfer, agent de la Compagnie néerlandaise des Indes orientales (*Neederlandsche Oostindische Compagnie*), décrit, pour l'avoir connu sur place, le formidable essor économique, accompagné d'effervescence vitale et culturelle, que connaissait le Japon vers la fin du XVIIe siècle. Il parle des villes principales, peuplées de riches marchands, d'artisans et de manufacturiers, mais s'il évoque la course à l'argent, il l'associe sans transition (pas de calvinisme au Japon) à la course au plaisir. D'Osaka, par exemple, centre de commerce du riz, il dit : « Les Japonais appellent Osaka le théâtre universel des plaisirs et des distractions, de nombreux voyageurs s'y rendent quotidiennement... » En effet, si Osaka avait mille trois cents marchands de riz, elle avait aussi quinze théâtres, trente et un bordels et, ne l'oublions pas, cinquante librairies. Toutes les grandes villes marchandes avaient leur quartier de plaisir : le Shimabara de Kyoto, le Yoshiwara d'Edo, le Shimmachi d'Osaka, tous pleins de « maisons de thé », de « maisons vertes » où fonctionnaient les courtisanes et les prostituées : la *sancha* d'Edo, la *hikifune* de Kyoto, la *shika* d'Osaka.

Pour la première fois peut-être au Japon, on voyait se combler l'abîme qui séparait la culture populaire de la culture aristocratique. L'aristocratie n'était plus ce qu'elle avait été, elle n'en avait plus les moyens. Des *samurai* privés de maître et d'emploi, des *rōnin* (« hommes de la vague »), obligés de gagner leur vie autrement que par le « noble » métier des armes, s'étaient mis à enseigner. Ils enseignaient aux marchands, mais surtout aux fils et aux filles des marchands, non seulement l'art du tir à l'arc et l'art de monter à cheval, mais aussi la philosophie bouddhiste, la calligraphie et la poésie chinoise.

Le résultat, ce fut la culture du « monde flottant » qui connut son apogée pendant la période dite de Genroku (1680-1740).

Le mot *ukiyo* (monde flottant) était sur toutes les lèvres. Celui ou celle qui s'adonnait sans retenue à la vie du quartier de plaisir avait « la folie *ukiyo* », l'air que chantonnait tout le monde était « une chanson *ukiyo* », et ainsi de suite. Pour avoir signifié, dans le contexte de la philosophie bouddhiste, la brièveté et l'impermanence de toute chose, le mot avait pris, vers le milieu du XVIIe siècle, le sens de « moderne » ou « dans le vent », sans pourtant perdre tout à fait ses anciennes connotations. Dans ses *Ukiyo-monogatari* (Récits du monde flottant), qui datent de 1661, Asai Ryoi dit que vivre selon l'*ukiyo*, c'est « exister dans le moment présent, contempler la lune, la neige, les fleurs et les feuilles d'automne, jouir du vin, des femmes, des chansons et se laisser aller à la dérive ».

Osaka, 1682. Celui qui porte le nom de plume de Saikaku (de son vrai nom, Hirayama Tōgo) vient de publier le premier « roman du monde flottant » *(ukiyo-zōshi)*. Il a quarante et un ans et toutes ses dents. Son livre est à la fois érotique et picaresque, et il en vend tant d'exemplaires que, selon l'expression japonaise, il « fait monter le prix du papier ».

Qui fut ce Saikaku ?

Né en 1642, mort en 1693, Saikaku est presque le contemporain exact de Matsuo Bashō (1643-1694), le maître du haïku, sans doute plus connu aujourd'hui en Occident. Comme Bashō, il est poète, un des plus grands de son temps. La différence entre les deux, c'est que Bashō est fils de samurai, et de culture aristocratique, tandis que Saikaku est fils de marchand. C'est pour cela qu'il réalise dans sa vie et dans ses œuvres cette alliance de la culture populaire et de la culture aristocratique qui fut la gloire (éphémère) de la période Genroku. Si Bashō fait de longues randonnées ascétiques à travers le Japon, Saikaku déambule sur le trottoir des villes, n'ignorant rien de la vie de son époque et tout à fait chez lui dans les quartiers de plaisir d'Edo, de Kyoto et, surtout, d'Osaka. Mais les ressemblances sont aussi frappantes que les différences, et il arrive à Saikaku, en plein milieu d'une partie de plaisir, de sortir une phrase qui brise les murs de la maison de thé et fait pénétrer dans un espace tout aussi lointain, tout aussi puissant que le vers le plus pénétrant de Bashō : « Vivant aujourd'hui dans ce monde flottant, dit un de ses personnages un soir de beuverie, demain je serai peut-être un morceau d'algue sur la plage d'Oya-shirazu. »

Quand, à quarante ans, Saikaku se met à écrire, au rythme de deux par an, ses « romans du monde flottant », il n'oublie pas les techniques poétiques, notamment celle du haïku, dont il est maître. Mais les livres de Saikaku sont-ils vraiment des « romans » ? Il faut préciser que la littérature japonaise ne connaît pas la stricte séparation des genres qui se pratique chez nous. Et Saikaku est un mélangeur émérite. Il y a du roman et du récit dans ses livres en prose, qui ne sont pas tous calqués sur le même modèle, mais il y a aussi de la poésie, et ils participent en même temps du journal de voyage et de l'essai. Aucun purisme chez ce Saikaku, comme aucun puritanisme ! Exubérant, multiplement doué, brillant, original et erratique, il va d'un genre à l'autre, d'un espace mental à l'autre, et les transitions sont rapides, comme dans les haïkaï. Adepte d'une culture polymorphe, à la fois raffinée et vigoureuse, Saikaku, tout en initiant son lecteur aux réalités, souvent sordides, du monde flottant contemporain, fait des références, parfois sérieuses, parfois burlesques, aux pièces nō, à la poésie classique chinoise, aux grands textes classiques japonais, tels les *Contes d'Ise* ou le *Dit de Genji*... Il est d'une vitalité inépuisable, à l'image du héros de son premier roman, *l'Homme qui passa sa vie à aimer*, qui avait connu 3 742 femmes, et de l'héroïne de celui qui lui fait suite, *la Femme qui passa sa vie à aimer*, qui, elle, avait connu 10 000 hommes. A côté de tels héros et de telles héroïnes, Don Juan fait figure de mauviette mélancolique et Moll Flanders de dame patronnesse.

Que d'humeurs et que d'humour ! Vers la fin de sa vie, ayant connu « tous les quartiers de plaisir du vaste monde », Yonosuke, « l'homme qui passa sa vie à aimer », constate que le monde flottant n'a plus d'attrait pour lui et décide, comme un bon bouddhiste qui laisserait derrière lui « la poussière rouge », de partir vers « l'autre rive ». Repentir, résignation... Mais en pensant à « l'autre rive », il pense aussi à la légendaire île des Femmes (*Nyogo-no-shima*) des albums érotiques ! Il faut dire que dans la culture, et dans le langage, du monde flottant, on confondait volontiers *saihō jōdo* (la terre pure de l'Ouest, le paradis) et *saihō jorō* (fille du Shimabara). Les portraits de filles, toutes plus exquises et malicieuses les unes que les autres, foisonnent dans ces pages : depuis celles qui ressemblent à des « boutons de cerisier » et qui n'attendent qu'une seule averse pour s'épanouir en fleur, jusqu'à celles qui, contemplant les peintures érotiques de Moronobu, ne peuvent s'empêcher de relever leurs jambes et de courber leur annulaire. Et puis il y a cette chanteuse du Shimmachi « au visage légèrement détourné », « à la langue rouge tremblante », qui dépasse en beauté « la lune, la neige, les fleurs et les feuilles d'automne »...

On peut aimer Bashō (et je l'aime !), mais on peut regretter chez lui l'absence de telles réalités vulgaires et superficielles. C'est pour cela qu'il y aura toujours dans mon cœur et dans ma tête une place pour Saikaku et son monde flottant.

***

Au mois de mai 1974, à Pau, j'ai reçu une lettre de Los Angeles, écrite sur le papier d'un hôtel japonais et signée : Pierre Rissient. Elle me parlait d'un projet de film, qui se passerait à Hong Kong, m'invitant à y participer en tant que dialoguiste. J'étais intrigué. Qui pouvait être ce cinéaste qui s'adressait à un poète pour faire un film ? Oui, j'étais intrigué.

Nous nous sommes rencontrés une dizaine de jours plus tard (un ami de Rissient, Alfred Eibel, était aussi de la partie), dans un café du XVe arrondissement à Paris. Rissient m'a exposé très rapidement les grandes lignes de son projet :

« Ça vous intéresse ?

— Je n'ai jamais travaillé à un scénario de ma vie.

— C'est justement ça qui m'intéresse, moi. Je veux sortir de la routine des scénaristes professionnels. C'est pour cela que je veux collaborer avec des poètes. Vous savez faire des dialogues ?

— Je sais tenir une conversation. Ça suffit ?

— Exactement. Nous sommes faits pour nous entendre.

— Je vous donnerai ma réponse définitive dans quelques jours.

— D'accord. Il faut que je parte maintenant. J'attends un coup de fil. Voici le synopsis. Si vous voulez, mon ami Fred vous donnera de plus amples détails. Salut. »

Si Rissient comptait sur mon « écriture », il comptait aussi sur ma passion tout à fait cérébrale pour l'Orient, ainsi que sur mon goût pour une certaine poésie de l'existence. Moi de mon côté, je ne pouvais qu'être intéressé par son désir, assez rare dans le cinéma occidental, d'associer film et poésie — en dehors des rêvasseries sentimentales et des fantaisies creuses auxquelles on colle trop commodément l'étiquette de « film poétique ». J'avais aimé la façon dont il m'avait parlé de *Johnny Guitare* — il voulait des dialogues de cette simplicité et de cette intensité. C'était un coup à tenter, un défi à relever.

J'ai passé un coup de fil à Rissient pour lui dire que j'étais d'accord.

Hong Kong.

On a beau être vacciné, dans notre Occident utilitaire et quelque peu puritain, contre « l'exotique », ça fait tout de même quelque chose de voir une jonque déferler sa voile...

Tous mes rêves d'adolescent remontaient à la surface.

J'avais une double image de Hong Kong : celle qui me venait du cosmopolitisme moderne et celle qui me venait de mes lectures chinoises. Ces deux images allaient interférer l'une avec l'autre dans ma vision de la ville.

Dans le contexte chinois traditionnel, les provinces méridionales telles que le Kwangtung (ou, comme on transcrit aujourd'hui, le Guangdong), où est située Hong Kong, la baie des Parfums, ont toujours été considérées comme des régions sensuelles et dangereuses :

« Le Guangdong gît au bord de l'océan, dans les confins du Sud, lit-on dans un texte du XVIIIe siècle. On y trouve des fleurs étranges, ainsi que du corail et de la nacre. » Et dans un autre texte de la même époque on trouve ceci : « Les jeunes gens ne devraient pas mettre le pied dans le Guangdong. »

Bien sûr, la « victorianisation » de la région par les forces de Sa Majesté britannique a quelque peu changé l'état des choses, mais le fond peut toujours resurgir. Il suffit d'un écart, d'un peu de recherche, d'un effort de l'imagination, d'une rencontre, d'un petit orage psychique...

Enfin, située entre la tradition et le modernisme, entre l'Occident et l'Orient, entre l'accumulation et la dépense, entre la terre et la mer, quelle ville contemporaine correspond mieux que Hong Kong à ce monde flottant qui m'avait déjà tant fasciné dans les livres ?

Je m'y trouvais comme un poisson dans l'eau.

Je passais le plus clair de mon temps à errer dans les rues avec un carnet dans ma poche, captant images et conversations, me laissant imprégner par l'atmosphère de la ville. Les quartiers défilaient : Wanchaï, Shaukiwan... Le scénario avançait... Mais j'avais l'idée aussi, bien sûr, d'autres textes plus proches de mes désirs profonds. Je pensais à une série de textes en prose, qui allaient trouver leur place dans la première partie du *Visage du vent d'est*, et à une suite de poèmes (une sorte de ciné-poésie) qui tenterait, en quinze « prises de vues », de présenter un tableau kaléidoscopique de Hong Kong depuis l'aube jusqu'à minuit. Il y serait fondamentalement question du désir et des divers mouvements pour le satisfaire avec, en arrière-plan, l'inaccessible du désir dont parlent les textes bouddhistes. Je pensais aussi à ces « maîtres de la vie flottante » dont parle Musil et dont l'espace mental se situe quelque part, dans une région non qualifiée, entre la religion et la connaissance, entre l'exemple et le précepte, entre l'intellectualisme (*amor intellectualis*) et la sensation. En fin de compte, la poésie d'un esprit assez lucide pour voir les choses, et la vie, globalement, de loin, et en même temps si avide de réalité qu'il est prêt à se perdre dans la confusion des sens. Si nous avons besoin d'une vision du monde, nous avons besoin aussi de sentir que notre vie avance, ne serait-ce que vers le néant.

Je me rappelle une conversation avec Alfred Eibel un soir dans une taverne de Kowloon — une conversation bien arrosée de *shao shing* servi dans de petits pots que le patron renouvelait sans cesse sans que nous nous en rendions compte, tellement nous étions perdus dans l'image et dans la parole.

Alfred Eibel a non seulement une longue et riche expérience de lecteur, c'est aussi un fou de cinéma, avec un penchant particulier pour Fritz Lang (« un type arrogant, primordial, puritain »). Ivres comme des méduses (*shui mu*, mère de l'eau, en chinois), nous parlions de films européens tournés en Asie, et Eibel d'évoquer certains films « asiatisants » de Fritz Lang, notamment *Der Tiger von Eschnapur* (le vin aidant, la conversation se faisait en allemand, en français et en anglais...). Pour Eibel, la danse nue de Debra Paget dans *le Tigre du Bengale*, tourné en 1959, était « une des scènes les plus érotiques de toute l'histoire du cinéma ». Est-ce que j'avais vu la série des Mabuse : *Die tausend Augen vom Dr Mabuse, Dr Mabuse der Spieler* ? Est-ce que j'avais vu *Fury, The Woman in the Window*, avec Joan Bennett ? Après Lang, on parla de Raoul Walsh (« un pur génie »), d'Otto Preminger *(River of no Return !)*, d'Ernst Lubitsch, de Billy Wilder, de Sternberg (*Jet Pilot*, avec Janet Leigh et John Wayne, *The Scarlet Empress*, avec Marlène Dietrich)... Moi de mon côté j'évoquais mes territoires cinématographiques préférés : le western (*la Captive aux yeux clairs*, c'est-à-dire *The Big Sky, Jeremiah Johnson, Hom-*

bre...), certains films de Bogart *(Key Largo, le Port de l'angoisse...)*, et surtout, peut-être, toute une série de films japonais *(Rashōmon, Contes de la lune vague après la pluie...)*.

Ce fut au cours de cette soirée-là qu'Eibel me fit part de ses projets d'édition. Il comptait en effet ouvrir une maison, où l'Asie figurerait pour une très large part, dès son retour à Paris. N'aurais-je pas un livre à lui donner ? Je lui ai parlé de ces *Scènes d'un monde flottant* que j'étais en train d'écrire lors de mes déambulations dans la ville. L'idée l'enthousiasmait. Je les lui ai promises.

La première édition, imprimée à Hong Kong sur papier de riz et reliée à la chinoise, parut à Paris en 1976.

Six ans déjà...

Ah, le monde flottant !

SCÈNES
D'UN MONDE
FLOTTANT

« Saw many I loved in the street or ferry-boat, yet never told them a word. »

« J'en ai vu beaucoup, dans la rue ou sur le ferry, et je les ai aimés, sans rien leur en dire. »

WALT WHITMAN.

I

A warm white mist over the bay
and an old junk making it
the slow way —
something would like this quietness to stay...
but already it's day: cranes turning,
people scurrying, engines chugging,
sirens howling, phones ringing
— and Hong Kong wakens to more money-
[making

I

Brume chaude et blanche sur la baie
une vieille jonque s'éloigne
pesamment —
quelque chose aimerait voir durer cette
[paix...
mais le jour s'est levé : grues qui tournent,
gens qui se pressent, moteurs qui toussent,
sirènes qui hurlent, téléphones qui sonnent
— Hong Kong quitte ses rêves pour faire de
[l'argent

2

Fish market look-see:
the red sun glistens
on big-eyes, bream, manta rays
shark, barracuda, sea-snake
while blue smoke rises from joss-sticks
lit by bone-weary fishermen
in thanks for Queen of Heaven's bounty
and safe home-coming into Fragrant Harbour

2

Coup d'œil sur le marché aux poissons :
le soleil rouge fait chatoyer
les gros-yeux, les brèmes, les raies
les requins, les barracudas et les serpents de
[mer
alors qu'une fumée bleue monte des bâtons
[d'encens
allumés par des pêcheurs las
pour remercier la Reine du Ciel de sa bonté
et d'un retour sains et saufs au port des
[Parfums

3

Sounds of Cantonese
and a confusion of yellow faces
(Hong Kong side — Kowloon side)
the ferry-boat open to the wind
crosses the green strait
amid junks, walla-wallas, launches:
red and black print of newspaper
and a whiff of the South China Sea

3

Syllabes cantonaises
confusion de visages jaunes
(côté Hong Kong — côté Kowloon)
le ferry-boat ouvert aux vents
traverse les eaux vertes du détroit
parmi les jonques, les chaloupes et les
[walla-wallas :
journaux imprimés en rouge et noir
et une bouffée de la mer de Chine

4

She's a private secretary
(« how private », she asked when she got the
[job)
twenty years old, pretty as a picture (no plastic
[surgery)
makes about $ 3 000 (H.K.) a month
has a flat to herself in Happy Valley
mistress to a rich local doctor
and dreams of being a student in Hawaii —
crossing the ferry « in the morning time »

4

Elle est secrétaire particulière d'un directeur
(« c'est-à-dire ? » demanda-t-elle quand elle
[obtint le poste)
vingt ans, jolie comme un cœur (sans
[chirurgie esthétique)
se fait dans les 3 000 dollars (H.K.) par mois
un appartement à elle dans la Vallée Heu-
[reuse
maîtresse d'un riche docteur du coin
rêve de partir étudiante à Hawaii —
la voici elle aussi, ce matin, sur le ferry

5

The old black Mongolian beggar
comes down from his roost
in the Kowloon hills
long-haired, laughing to himself
walking the pavement with naked feet
leaving a trail of emptiness
a long trail of laughing emptiness
that goes back to Cold Mountain

5

Le vieux mendiant mongol
descend de son perchoir
dans les collines de Kowloon
loques noires, cheveux longs, riant tout seul
foulant le trottoir de ses pieds nus
laissant derrière lui une traînée de vide
une longue traînée de rire et de vide
qui remonte jusqu'à la montagne Froide

6

In the airconditioned skyscraper office
a thousand cases of Mexican abalone
come in on one line
and a ton of Chinese rabbits
leave on another — while in the backstreets
old men play noisy mahjong
among the guff of frying titbits, the stench
of decaying vegetables, and the ghostly smell of
[incense

6

Dans le bureau d'un gratte-ciel à air
[conditionné
un millier de caisses d'abalones mexicains
arrive sur une ligne
et une tonne de lapins chinois
part sur une autre — pendant ce temps dans
[les ruelles
des vieillards font cliqueter leurs pièces de
[ma-jong
parmi les relents de friture, la puanteur
des légumes pourris, et l'odeur fantomatique
[de l'encens

7

In his cluttered little premises on Mody Street
Bossie Wong, alias Édouard (British passport,
[Mauritian French, Chinese)
waits for his next batch of clients
ready to supply them with suits, cases,
[watches — you name it
and offering his famous underworld mystery
[tour
with flower-boats and darkened omnibus
where you can feel up a nude little neighbour
for so much every five minutes

7

Dans son petit local encombré de Mody
[Street
Wong « le patron », dit Édouard (Chinois de
[l'île Maurice, passeport anglais)
attend sa prochaine fournée de clients
prêt à leur vendre costumes, montres,
[valises — « je fais tout »
et à proposer son fameux voyage-mystère
avec ses bateaux-fleurs, et son bus obscur
où l'on peut palper une petite voisine nue
à tant les cinq minutes

8

Lying at his ease
stretched out against a pillar at Kowloon Pier
Ken Cameron, vagrant
opens the South China Morning Post
reads the speech made by a British general
at a rotary club dinner —
then turns to the many-dated shipping page
looking for a likely boat

8

Allongé à son aise
le dos contre un pilier de la jetée à Kowloon
Ken Cameron, vagabond
ouvre le *South China Morning Post*
lit le discours d'un général anglais
à un dîner du Rotary —
puis jette un coup d'œil sur la page maritime
prêt pour un nouveau départ

9

With two new film-scripts under his arm:
« The Canton Killers », « Murder in Macao »
(guaranteed 100 % commercial success)
white-suited moustachio'd Brooklyn Joe
walks up Nathan Road in the blue afternoon
while the young model practises smoking the
[cigarette
that makes her sick
(« We are Hong Kong people, no politics »)

9

Avec deux nouveaux scripts sous le bras :
« les Tueurs de Canton », « Meurtre à
[Macao »
(succès commercial garanti à 100 %)
Brooklyn Joe, moustaches et costume blanc,
remonte Nathan Road dans l'après-midi
[bleue
et son amie la petite cover-girl s'entraîne à
[fumer
la cigarette qui lui donne la nausée
(« nous sommes de Hong Kong, pas de
[politique »)

10

Scott Hawkins, writer
having travelled all Asia
sits in his hotel room in Tsimshatsui
a bottle of whisky at his elbow
and a newly bought notebook before him —
on the notebook's first page is inscribed
« The Face of the East Wind »
below that: « an unwritten novel »

10

Scott Hawkins, écrivain
avec toute l'Asie derrière lui
est assis dans sa chambre d'hôtel à Tsimshat-
[sui
une bouteille de whisky à portée de la main
et un carnet neuf sur la table —
sur la première page on lit ceci :
« le Visage du vent d'est »
et au-dessous : « roman impossible »

11

At nightfall, the streets are strident
with neon signs, black
dance of ideograms; a blond-haired Dutch girl
shows clammy breasts to Japanese tourists
in a smoky cellar; a Filipina girl does the same
for beer-happy Yankee sailors
while bulldog British businessman is daintily
[escorted
by a tongue-tied little Hongkongese

11

A la tombée de la nuit les rues sont striées
d'enseignes au néon, noir
ballet d'idéogrammes : une blonde Hollan-
[daise
étale des seins moites devant des touristes
[japonais
dans une cave enfumée ; une jeune Philip-
[pine fait de même
pour des marins yankee bourrés de bière ;
tandis qu'une jolie petite de Hong Kong,
[timide et muette
escorte un gros businessman britannique

12

Kowloon Kino:
peeled oranges at the entrance
chestnuts roasting in charcoal
sputtering chicken, meatballs, tripe —
inside the huge hall
your neighbour puffs like a maniac and spits
[on the stone floor
while bones crunch, blood spurts
and heroines whimper on the giant screen

12

Ciné à Kowloon :
oranges pelées à l'entrée
châtaignes rôties au charbon de bois
tripes, boulettes de viande et poulets grésil-
[lants —
dans l'immense salle
le voisin fume comme un enragé et crache
[par terre
pendant que les os craquent, que le sang
[gicle
et que les héroïnes gémissent sur l'écran
[géant

13

In his tenth floor flat
in the backlands
laid out Japanese style with mats
but with a Chinese pi-pa *in one corner*
Christopher Cheung
(« I am not an artist, I am a human being »)
pours himself a glass of maotai
and thinks of Kyoto

13

Dans son appartement du 10e
tout au fond des faubourgs
des nattes au sol à la japonaise
mais dans un coin un *pi-pa* chinois
Christopher Cheung
(« je ne suis pas un artiste, je suis un être
[humain »)
se verse un verre de *maotai*
et rêve à Kyoto

14

In the bar near 2 o'clock closing-time
Oscar Eberfeld, bachelor, 46 years old
eyes with hopeless desire
the little slit-skirted serving-girl
follows a wench on the pavement
glued to the knicker-line showing through her
[pants
then returns unconsoled to his room
with a glossy magazine

14

Dans le bar, 2 heures du matin, on ferme :
Oscar Eberfeld, 46 ans, célibataire,
reluque sans espoir
la petite serveuse à la jupe fendue
suit quelque temps une fille sur le trottoir
les yeux collés à la ligne du slip sous le
[pantalon,
puis regagne sa chambre, inconsolé
avec un magazine illustré

15

Over in Aberdeen
a satisfied rat slides home
under the floor of a waterfront restaurant
the last gamblers yawn and spit
the last sampan putters in to anchorage —
while two heavy-beamed stern-high junks
plough the dark harbour
bound for ancient fishing-grounds

15

Là-bas à Aberdeen
un rat satisfait se glisse dans son trou
sous le plancher d'un restaurant des quais
les derniers joueurs bâillent et crachent
les derniers sampans rentrent au port en
[toussotant
tandis que deux jonques massives, la poupe
[haute,
labourent les eaux sombres de la nuit
faisant route vers d'anciens lieux de pêche

CHINA SEA POEM

extraits des carnets chinois

« Souviens-toi de Singapour, et rappelle-toi Shanghai ! »

JOSEF VON STERNBERG,
The Docks of New York.

« Ainsi chanta Lao-tseu, ivre de vin cuit, tandis que la rivière des Perles clapotait contre le bateau de fleurs, et que l'aube se levait... »

PAUL-JEAN TOULET.

« Silence !

Silence 123456.

Mo chau !

Moteur !

On tourne ! »

La grande caméra glisse vers un petit homme grassouillet en costume blanc fripé, une casquette bleu ciel plantée coquettement sur la tête, tandis que le metteur en scène, torse nu, le ventre sans complexe débordant de sa ceinture, mégaphone à la main, observe, tendu :

« Victor ! Where are you, Victor ? None of this nonsense ! I'll tell mother ! »

On reprend. C'est le petit bonhomme en costume blanc qui propose lui-même de dire : *« I'll tell mother »* d'une manière tout à fait différente.

« Il a du métier », murmure une femme à mes côtés.

« Victor ! Where are you, Victor ? None of this nonsense ! I'll tell mother ! »

« Génial », murmure ma voisine. Le metteur en scène est content. L'attention se tourne vers Victor. Il est perché au troisième étage d'une pagode, un talkie-walkie à la main. Il doit crier :

« No, Marty, no ! »

Ça ne va pas tout seul.

On reprend la scène. On la reprend cinq fois.

Pendant ce temps, le petit homme à la casquette bleue est allé vers une actrice chinoise au visage excessivement lunaire et habillée de soie cramoisie :

« Hello, darling ! »

et s'est fait photographier avec elle pour une ciné-revue.

Il fait chaud, très chaud.

Je regarde au loin, vers les eaux claires et bleues de Clearwater Bay. Mais tout au bout de la péninsule, autour d'une autre pagode, d'autres petites figures gesticulent.

Je me dirige vers la cantine, passant devant la muraille de Chine, une jungle et une rue de village médiéval.

Je commande un café. A côté, quatre samurai boivent du Coca-Cola.

Je pense à une jonque, très loin, sur la mer.

« Tout commença avec le bambou, dont la flottabilité permit très tôt la construction des bateaux. Le radeau à voiles construit en bambou, que l'on trouve encore en Chine du Sud, sur les côtes indochinoises et à Taiwan, est une invention très ancienne ; on l'utilisa pendant près de trois millénaires pour la pêche et le commerce. La construction navale du monde occidental, si l'on en croit une opinion courante, tire son origine de la pirogue, avec ses virures fixées de chaque côté ; il y a là l'ébauche du bateau de bois bordé à joint carré ou à clin, avec quille, étambot d'étrave et de poupe. Aucune de ces parties n'existe dans le bateau typiquement chinois (*chuan*, d'où le mot " jonque ")... »

JOSEPH NEEDHAM,
la Science chinoise et l'Occident.

Lire :

ANDERSON, « The Folk Songs of the Hong Kong Boat People », *Journal of American Folklore.*

HO KE-EN, « The Tanka or Boat People of South China », *Symposium on South China,* Hong Kong, 1966.

DAVID SOPHER, *The Sea Nomads,* Singapor, 1965.

BARBARA WARD, « A Hong Kong Fishing Village », *Journal of Oriental Studies.*

G. WORCESTER, *The Junkman Smiles,* London, 1959.

« Il est vraisemblable que l'être humain, las du vide de son agitation à l'intérieur des barrières qui emmurent sa vie, passera un jour, par simple évolution, à une vie plus vivante de relations, prendra une attitude nouvelle, féconde et affranchie, à l'égard de tout son globe terrestre et deviendra ce à quoi, peut-être, au fond, il est propre et destiné : un régisseur et un stimulateur des espèces, un géosophe. Mais avant tout (et pour pouvoir réaliser l'autre point) un régisseur que de nouvelles conditions et de nouveaux horizons auront affranchi, et un intensificateur de sa propre vie spirituelle... Que le XXe siècle soit essentiellement un siècle de création psychologique évolutionniste d'une nature jusqu'ici insoupçonnée, ceux-là seuls le nieront qui divisent le monde en choses élevées et basses, en éléments idéaux et terrestres, sans pouvoir ou vouloir voir ces deux plans du monde dans une relation géosophique vivante : synthèse sous le signe de laquelle leur esprit pourrait réellement féconder le monde... En tout état de cause, la mission de l'homme est de préparer les temps géosophiques... La civilisation d'aujourd'hui est un instrument à notre disposition. La technique moderne des communications nous conduit de façon continue à une école planétaire de néonomadisme vivant et fécond. Avec une incroyable pénétration et en s'imposant de remonter jusqu'aux sources, Spengler a prédit la faillite des civilisations. Les gens et les races de l'avenir en universelle communication riront de bon cœur devant son catalogue des RUINES, encore que la grosseur de l'ouvrage leur imposera un certain respect, et devant ces civilisations qui n'ont pas osé se dissoudre et " disparaître ", qui ne pouvaient pas imaginer le " quelque chose d'autre " sous quelque forme qu'il puisse se présenter. Peut-être une aspiration mondiale au mouvement et aux nouveaux horizons, une civilisation qui palpiterait d'invitations au voyage et de poésie en vertu de l'essence même du monde. Des buts spirituels nouveaux, jusqu'à présent insoupçonnés... »

HARRY MARTINSON,
Voyages sans but.

Un soir, minuit, sur le ferry entre l'île et Kowloon : une bande de matelots américains jouent un jeu entre eux. L'un d'eux lance un nom ou un chiffre :

291

et les autres répondent en chœur :

« Revolution ! »

C'est à n'y rien comprendre. Il est seulement évident que ces matelots s'ennuient à mourir. Je me dis aussi, mais plus vaguement, que ce n'est vraiment plus la Révolution qui nous intéresse.

Quoi alors ?

Au moment de mettre pied à terre, un grand gaillard se tourne vers une jolie petite Cantonaise (du genre *ham bao doi fong*, fleur ouverte en attente) et lui dit :

« Hey, psst, little girl, you're all right, you're all right. »

« Ce qu'il vit tout d'abord très distinctement, ce furent les seins de la jeune fille. Les mamelons en étaient roses, d'un rose presque transparent. Certaines Japonaises, en dépit de leur appartenance à la race dite jaune, ont une peau plus blanche, plus éclatante et plus délicate encore que celle de bien des jeunes filles occidentales. Le rose de leurs mamelons est alors d'une teinte indescriptible que l'on ne retrouve nulle part ailleurs. »

KAWABATA.

La pensée eurasiatique. Héraclite devisant avec Tchouang-tseu sur les berges du fleuve du temps. Et les filles du fleuve.

Je lis une version anglaise du fameux *Liao Chai* : *Strange Stories from a Chinese Studio.*

Une de ces histoires (« le Sentier magique ») se passe dans le Guangdong. Voulant rentrer chez lui une nuit après avoir quitté la maison d'un ami, Kuo, un jeune lettré, se perd dans les collines. Après avoir erré un certain temps, il tombe sur un groupe de lettrés assis par terre, en train de boire, de parler et de rire. Ils invitent Kuo à se joindre à eux, ce qu'il fait, et la conversation continue bon train. Tous ces gens de la nuit sont des lettrés hautement qualifiés mais qui n'ont jamais voulu accepter de position officielle : ce sont des « lettrés de la montagne et de la forêt », non pas des « lettrés du marché ». A un moment donné, un peu pompette, Kuo se met à imiter des chants d'oiseaux. Son talent est très apprécié de ses compagnons et, pour le remercier, ils se mettent à faire de l'acrobatie. L'un se tient solidement planté sur ses pieds, un autre lui grimpe sur les épaules, et ainsi de suite. Cela fait à la fin une tour assez impressionnante. Mais voilà qu'elle s'incline, s'incline, et finit par s'allonger sur le sol, se transformant en sentier. Kuo emprunte ce sentier, et se retrouve bientôt chez lui.

Comme quoi les études — pourvu qu'elles ne soient pas trop orthodoxes — et la littérature — pourvu qu'elle soit un peu extravagante — peuvent être un moyen de se retrouver « chez soi ».

« Ne te froisse pas de mes perpétuelles absences — il faut que tu comprennes que toute ma vie je serai plus ou moins nomade » (lettre du jeune Robert Louis Stevenson à sa mère). J'ai souvent dit à peu près la même chose — tout en rêvant à une maison dans la montagne, ou sur la côte. D'ailleurs, Stevenson allait s'installer, à Samoa, dans sa maison Vaïlima (et Jack London dans sa ferme de la vallée de la Lune).

Travaux de traduction. Un poème de Li Po :

行路難。

多 (many) 歧 (side) 路 (paths)。

今 (now) 安在 (where)。

長 (long) 風 (wind) 破 (break) 浪 (waves) 會 (must) 有 (have (be)) 時 (time occasion)。

直 (straight) 掛 (hang) 雲 (cloud) 帆 (sails) 濟 (cross) 滄 (dark blue) 海 (sea)。

« Quant aux coteries qui hurlent devant mes tableaux, cela me fait peu de chose, d'autant plus que moi-même je sais que c'est incomplet, plutôt un acheminement à des choses pareilles. Il faut en faire le sacrifice en art, périodes par périodes, essais ambiants, une pensée flottante sans expression directe et définitive. Mais bah ! une minute où on touche le ciel qui fuit après. En revanche ce rêve entrevu est quelque chose de plus puissant que toute matière. La pierre périra, la parole restera. Nous sommes en pleine mélasse mais nous ne sommes pas encore morts. Quant à moi, ils n'auront pas encore ma peau. Si je peux obtenir ce que je demande en ce moment, une bonne place au Tonkin où je travaillerai ma peinture et ferai des économies. Tout l'Orient, la grande pensée écrite en lettres d'or dans tout leur art, tout cela vaut la peine d'étudier et il me semble que je me retremperai là-bas. »

GAUGUIN, lettre à Émile Bernard,
Le Pouldu, juin 1890.

Le Colloque des Neuf Dragons.

Les États de Go et de So
s'étendent vers le sud-est
la terre et le ciel, la nuit et le jour
flottent sur l'eau...

« La culture chinoise est le seul corps de pensée d'une complexité et d'une portée aussi grandes, sinon plus, que la nôtre. Après tout, la civilisation indienne, si intéressante soit-elle, fait davantage partie de nous-mêmes. Notre langue est indo-européenne, dérivée du sanskrit. Notre théologie répète l'ascétisme indien : Zeus Pater vient de Dyaus Pithan. Il y a bien des traits communs entre les civilisations indienne et européenne, et cela dans le physique même : lorsque je me promène dans les rues de Calcutta, je me prends souvent à penser que si on enlevait son pigment à la peau des Indiens, leur physionomie serait absolument identique à celle de nos amis et connaissances d'Angleterre. Au contraire, la civilisation chinoise présente l'irrésistible charme de ce qui est totalement *autre*, et seul ce qui est totalement autre inspire l'amour le plus profond, avec le désir le plus puissant de le connaître. »

NEEDHAM,
la Science chinoise et l'Occident.

Ce matin, sur la baie, c'est la Trésorerie des Brouillards Sacrés du Palais des Nuages aux Portes d'Or.

« Pour moi le grand artiste est la formule de la plus grande intelligence, à lui arrivent les sentiments, les traductions les plus délicates et par suite les plus invisibles du cerveau. »

GAUGUIN,
1885, Copenhague.

Films japonais à voir :

AMES SUR LA ROUTE *(Rojō no reikon).*
LES FILS DU PAYS DE LA MER *(Kaikoku danji).*
LA VIE D'UNE FEMME PAR SAIKAKU *(Saikaku ichidai onna).*
RUE DE LA HONTE *(Akasen shitai).*
FEMMES DE TOKYO *(Tōkyō no onna).*
UNE HISTOIRE D'HERBES FLOTTANTES *(Ukigusa monogatari).*
LES BAS-FONDS *(Donzoko).*
LA DANSEUSE D'IZU *(Izu no odoriko).*
LA FEMME DES BRUMES *(Oboroyo no onna).*
LUMIÈRES D'ASAKUSA *(Asakusa no hi).*
FILLE D'ASIE *(Ajia no musume).*
NUIT DE CHINE *(Shina no yoru).*
LUNE DE SHANGHAI *(Shanghai no tsuki).*

« Si je vous ai bien prêté attention, vous aimeriez dire que le monde d'Extrême-Orient et le produit techniquement esthétique de l'industrie cinématographique sont mutuellement incompatibles ?

— C'est exactement cela. Quelle que soit la qualité esthétique d'un film japonais, le seul fait que notre monde soit exposé dans le film réduit ce monde à prendre place dans ce que vous nommez l'obstant (*das Gegenständige* : le se-tenir en face caractéristique de l'objet). Le film, et son faire-devenir-objet, n'est-ce pas déjà une conséquence d'une européanisation qui s'étend toujours plus avant ?

— Un Européen ne peut que difficilement comprendre ce que vous dites.

— Certes, et avant tout parce que ce qui est au premier plan dans le monde japonais est tout à fait européen ou, si vous voulez : américain. L'arrière-plan du monde japonais, ou mieux : cela que ce monde est lui-même, vous pouvez en faire l'épreuve, au contraire, dans le théâtre *Nō*... Il vous faudrait pouvoir assister à des spectacles de *Nō*. Mais même cela reste difficile tant que vous n'êtes pas capable d'habiter une manière d'être japonaise. Afin que vous puissiez entrevoir, ne serait-ce que de loin, quelque chose de ce qui donne le ton au *Nō*, j'aimerais d'une remarque vous aider à avancer. Vous savez que la scène japonaise est vide ?

— Ce vide exige un recueillement inhabituel.

— Grâce à lui, il n'est alors plus besoin que d'un geste minime de l'acteur pour faire apparaître à partir d'un rare repos quelque chose de prodigieux.

— Comment l'entendez-vous ?

— Quand par exemple c'est un paysage de montagnes qui doit paraître, l'acteur lève lentement sa main ouverte et la tient immobile au-dessus des yeux à la hauteur des sourcils. »

HEIDEGGER,
Acheminement vers la parole.

On a décrit le *Nō* comme un mouvement vers l'illumination, le drame occidental comme l'accomplissement, ou la faillite, de la volonté. Ici, maintenant ? Peut-être autre chose encore. Quelque chose qui sortira de la rencontre entre l'exploration et l'illumination, la contemplation et l'agitation. Ou alternances ?

« Pour ce qui est de l'Europe, quelles sont les causes de son instabilité ? D'aucuns ont parlé des aspirations d'une âme faustienne jamais satisfaite. Je préférerais parler, dans les termes d'une géographie, de ce qui a été effectivement un archipel : la tradition constante des États-cités indépendants, basés sur le commerce maritime et sur une aristocratie militaire belliqueuse, gouvernant de petits domaines ; l'exceptionnelle indigence de l'Europe pour tout ce qui concerne les métaux précieux ; le désir incessant, chez les peuples occidentaux, d'obtenir des marchandises qu'ils ne pouvaient pas produire eux-mêmes (je pense particulièrement à la soie, au coton, aux épices, au thé, à la porcelaine et à la laque) ; la tendance inhérente à l'écriture alphabétique de favoriser par elle-même les divisions, ce qui permit l'apparition de nombreuses nations guerrières, parlant des dialectes centrifuges... L'Europe, civilisation d'explorateurs, n'était jamais à l'aise à l'intérieur de ses frontières, puisqu'elle envoyait avec nervosité des sondes dans toutes les directions pour voir ce qu'il en était — Alexandre jusqu'à Bactria, les Vikings jusqu'au Vinland, le Portugal jusqu'à l'océan Indien. »

NEEDHAM,
la Science chinoise et l'Occident.

Flashback. — Un soir sous un ciel de poissons morts à Amsterdam. J'avais une chambre sur la Hendrikskade, tout en haut d'un immeuble, au bout d'un escalier étroit et tortueux dont les marches devenaient de plus en plus petites et raides au fur et à mesure que l'on montait — on finissait par grimper presque à quatre pattes. De la fenêtre, j'avais vue sur le port, où étaient amarrés, juste en bas, un bateau de pêche : *Vagabund*, et deux péniches : *Utopia* et *Amitabha* (*Amitabha* — le Seigneur de la Lumière Infinie, le plus vénéré des bouddhas transhistoriques, qui siège au Paradis de l'Occident)... Je me suis promené cette nuit-là dans la rue des Rêves-

Sordides. Et j'ai rencontré l'aube dans une huître bleue.

« Aucun cours de la pensée n'est jamais exhaustif et complet ; il y a des lignes de fuite qui s'échappent de toutes parts dans l'indéfini et l'illimité. Par où commencer et où finir ? Le langage pense déjà en tant que tel, mais est-il identique à la pensée ? Tout langage — et tout acte — est et reste elliptique et éliminant, affrontant et esquivant ce qui se donne et se retire et que nous forgeons et saisissons. Tout ne peut jamais être dit. Tentatives de cohérence et incohérence effective nous assaillent. Bien sûr, il y a des paroles qui portent, mais la question de leur temps propice demeure ouverte. Il n'y a pas d'ordre du jour préétabli qui les contienne : proférées, elles le créent et le débordent et elles parlent trop et/ou trop peu. Personne et rien ne comprend jamais tout. On peut toujours ajouter, enlever, changer, dire et faire autrement. Aucune méthode ne parvient à immobiliser le cours du monde et le discours, et la fluidité ne se laisse totalement capter par aucune conceptualisation. Pourquoi est-il impossible de dire tout ce qui passe par la « tête » — y faudrait-il plusieurs voix ? — et son lien avec ce qui se passe dans la rue ? Quelle est la respiration de la pensée ? »

KOSTAS AXELOS,
Vers la pensée planétaire.

— Essayer, au moyen d'« essais » poétiques, de donner le sens du tout, en dehors des complications qui viennent de vouloir *trop* bien faire. Le grand geste. Plusieurs voix, plusieurs dimensions. *Indiquer* les lignes de fuite, laisser des blancs. Respecter la fluidité de la pensée, de la vie. S'ouvrir, pratiquer l'ouverture. Laisser la pensée respirer et le courant de vie passer.

Typhon
da feng
grand vent!

d'où vient-il?

voilà la question que le roi de Ch'u
posa à Sung Yū̧
quand le vent s'engouffra
par la fenêtre du palais
et Sung répondit :

le vent naît dans la terre
il grandit sur le bord de la fleur verte ping
il se lance dans les vallées, le long des rivières
il rugit autour des cols et dans les défilés
souffle puissamment sur les flancs du mont T'ai
il danse parmi les pins
il arrache des arbres, fait valser des rochers
rien ne l'arrête

ce qu'il cherche? —
des lieux vides

« Si elle accomplit quelque chose, une grande œuvre d'art nous fait penser et rêver à tout ce qui est fluide et intangible, c'est-à-dire à *l'univers.* »

HENRY MILLER, *Sexus.*

Passages :

Glasgow
Londres
Stockholm
Copenhague
Hambourg
Amsterdam
Rouen
Brest
Marseille
Naples
Montréal
San Francisco
Bangkok
Hong Kong

Le bar de Stockholm Jack existe-t-il toujours à Rouen ?

« Près d'une vieille frégate démâtée qui servait de ponton, j'entendais leur musique qui répétait *Daisy Bell.* Tess de Poplar est née de cette valse charmante, inoubliable. On pouvait encore, à cette époque, écouter les minstrels dans le Mile End et les ricanements des auditeurs aux bons passages de leurs divertissements. Quelques vestiges du vieux Londres, celui de Dickens, aidaient à ces résurrections dans un pays enclin au commerce des spectres. Le fantôme qui, lui aussi, se présente toujours comme un gentleman, apparaît tel un détail familier de la vie de famille anglaise aisée ; mais rien ne l'empêche de descendre dans la rue au moment que les mouettes piaillent et grincent au-dessus des cargos. Les revenants du prolétariat de Limehouse sont d'un abord plus fermé. Ils ne s'invitent ni à l'heure du thé ni à l'heure des chandelles. Ils vont de Chinois en Maltais, en effleurant à peine, mais souvent profondément, les matelots des cinq continents. Le chaton de ce cercle, de cette bague pauvrement enchantée, c'est, d'une part, Tess de Limehouse et, d'autre part, Frances de Brest et les filles des rues réservées de Marseille, comme c'était avant la destruction des Acoules. Ce tourment littéraire est inscrit, de mon mieux, dans les pages dont ce livre présente les secrets. Elles sont fragiles mais tenaces comme les images de la jeunesse mal vêtue... On parle souvent dans le monde littéraire contemporain d'une crise qui affaiblirait le rayonnement des conteurs de chez nous. Il y aurait à dire sur ce sujet et je n'en parlerais pas ici, si je pouvais éviter de mêler cette crise à l'anéantissement des valeurs sentimentales qui permirent les créations littéraires de la plupart des écrivains de mon âge. Les décors qui servirent à éclairer les visages de Tess, de Frances, de Lucie la Tonkinoise et Miss Stuart sont détruits et ne renaîtront plus dans leurs apparences anciennes. Le désordre provisoire du roman est venu de cet anéantissement opaque... C'est au moment où la plupart des grands conteurs peuvent faire la somme de leurs richesses qu'on efface le décor et les preuves sonores qu'il comporte. Les écrivains sont plus ou moins riches ; mais ils le sont tous d'une monnaie qui ne peut plus s'échanger. C'est pour les plus honnêtes et les moins naïfs une très grande peine, un tourment infécond. Je comprends sérieusement l'inquiétude des jeunes écrivains ; ce qu'ils ont à dire n'est pas divertissant. On n'écrit bien l'histoire des autres qu'au moment d'en avoir terminé avec la sienne. *Avant que le grand roman français d'aventures quotidiennes et, naturellement, sociales puisse retrouver une substance nouvelle, il faut voir et s'émerveiller de voir dans une lumière que nous ne soupçonnons même pas* [c'est moi qui souligne]. »

Pierre Mac Orlan,
Sous la lumière froide.

— Il n'est pas du tout certain que ce soit vers un roman que nous allons (une substance et une lumière nouvelles, oui). Le roman est une histoire, plus ou moins extravagante, qui s'inscrit dans le temps. Aujourd'hui, nous pensons (quand nous pensons ! — le temps est aux débats idéologiques) plus en termes de géographie, de cosmographie. Il serait peut-être moins question de raconter une histoire (qui commence, pour ce qui est de la littérature, dans le merveilleux, et finit dans la misère et la platitude) que d'explorer le monde, de s'exposer au monde, et de voir quelle nouvelle substance, quelle nouvelle lumière naissent de cette rencontre. Une exploration cosmographique peut, évidemment, aussi comporter des histoires. Mais le mouvement sera ailleurs.

« Tu penses en termes d'un long poème ?

— Peut-être.

— Mais un long poème est toujours ennuyeux. C'est pour ça qu'on a inventé le roman.

— Je crois que le roman n'est plus intéressant.

— Mais il y a plus de romans que jamais.

— Justement.

— ?

— C'est une littérature de fatigués.

— Qui lit la poésie ?

— Pratiquement personne. Mais c'est dans la poésie qu'une littérature commence. »

« Monter sur un dragon céleste et respirer les essences du soleil et de la lune ! » Li T'ai-Po : l'étoile blanche de la poésie chinoise. Poète polymathe, esprit extravagant et encyclopédique. L'empereur Ming Huang reçoit une lettre de Corée. Personne parmi ses ministres n'arrive à la lire. On fait appel à Li Po. Il refuse de venir, disant qu'il doit être bien incapable de lire cette lettre puisque au dernier examen des lettrés, les mandarins en place l'avaient recalé. L'empereur lui confère sur-le-champ le titre de docteur du premier rang. Li se présente, reconnaît ses anciens examinateurs parmi les ministres et les force à lui enlever les bottes. Ensuite il traduit la lettre.

« ... l'Occident si province, condamné à des règles professorales... le salut ne viendra que des cercles extérieurs... chaque chose rendue à sa solitude ontologique se ceindra d'océans, d'abîmes et d'oubli... remontons le courant, de Marx à Hegel et de Hegel à Héraclite... la fraîcheur d'une limpidité nouvelle... renouveler les problématiques, oublier les notions écroulées du XIXe siècle qui nous condamnent à la casuistique moderne d'intellectuel prétentieux... retrouvons les chemins de l'ensoleillement intérieur... chacun de nous a son empire, il doit l'étendre le plus possible et revenir à sa maison. »

DOMINIQUE DE ROUX,
Maison jaune.

Travaux de traduction. Autre poème de Li Po :

停 stop
杯 glass
投 throw away
筯 chopsticks
不 not
能 can
食 eat

玉 jade
盤 bowl
珍羞 good food, delicacies
值 worth
萬 ten thousand
錢 money

金 golden
樽 bottle
清 pure
酒 wine
斗 = 10 litres
十 ten
千 thousand

行 walk
路 Road path
難 difficult

Patrick de Cancale m'écrit de Thaïlande :

Mon vieux Ken,

Well, je suis pour le moment en villégiature dans une petite île du golfe Siamois (Ko Samui). *Paysage O.K., mais que dire de l'occupant ? Le routard... Suédois et Allemands en grande majorité. Une nymphomane comme voisine... Ouais — pas une Thaï, une Germaine. Fräulein... Je me suis fait tabasser par la police Thaï à Hua-Hin pour je ne sais quelle broutille. Bilan : 2 côtes fracturées ! Je récupère très, très doucement (très gênant pour dormir). La mousson est là, temps maussade. Propice au vagabondage de l'esprit...*

Le film occidental le plus poétique que j'aie jamais vu ? Sans doute *The Big Sky*, de Howard Hawks. Le titre français de ce film, *la Captive aux yeux clairs*, si beau qu'il soit, est trop humain, trop anthropocentrique et anecdotique (trop *historique*, en un mot), il n'a rien de la puissance simple, rien de la cosmo-poésie (si je puis dire...) que véhicule le titre anglais. C'est en effet en termes de cosmo-poésie et de géo-poésie que je parlerai de ce film, dans lequel il s'agit d'une remontée (trois mille kilomètres) du Missouri vers les hautes terres du grand Nord-Ouest. Je passe donc rapidement sur les aspects humains du film, qui sont drôles, sympathiques et chaleureux : la rencontre des deux compères, Jim et Boone ; le soir dans la taverne à Saint Louis ; les retrouvailles avec l'oncle de Boone, le vieux trappeur, Jeff Calloway — et l'apparition de l'Indienne, qui apporte un élément supplémentaire, érotique et mystérieux, et qui, en tant que telle, fait la liaison avec l'autre dimension du film. Ce qui constitue le cours central et l'élément primordial du film, c'est le fleuve lui-même, c'est lui qui charge le film de poésie. Nous en entendons parler pour la première fois quand, perchés sur les hauteurs, Jim et Boone plongent leur regard en bas vers Saint Louis et voient « le vieux Missouri sous la lune ». C'est la voix du vieux trappeur qui le décrit, c'est lui qui raconte tout le voyage, car c'est lui qui connaît le pays et qui a déjà vécu longtemps sous « le grand ciel ». « Je connais bien les Indiens, dira-t-il à un moment donné, presque tout le pays... C'est un pays immense... collines du ciel... les Tétons au-dessus des nuages... Aucune région n'est plus jolie que les hautes terres du Missouri, sauvages et resplendissantes comme une jeune vierge. » Le voyage commence donc à Saint Louis. Un très beau moment : quand la barque quitte les quais de Saint Louis et glisse dans le brouillard vers le *Mandan* à l'ancre dans le fleuve. « *Mandan !... Mandan !* », hèle le capitaine, en se retenant de crier trop fort, car le départ vers ces territoires interdits doit se faire dans le plus grand secret. « *Mandan !... Mandan !* » — ce nom que porte le bateau, le nom d'une tribu indienne du Missouri, prend une beauté inouïe. Le voyage va durer trois mois, peut-être plus : « La route est encore longue. » Ça, c'est le vieux Jeff parlant directement à Jim et Boone. Plus tard, on l'entendra en voix off : « Début septembre, nous avions atteint le confluent de la Platte, à 1 500 kilomètres de l'embouchure du fleuve. » Plus tard encore : « Nous avions dépassé la Cheyenne, et nous nous dirigions vers le Yellowstone. » La Platte, la Cheyenne, le Yellowstone... Ces noms de lieu font merveille.

Enfin, après bien des incidents et des péripéties — mais c'est le mouvement du fleuve qui prime toujours — ils arrivent dans les hautes terres, et font leurs échanges : couvertures contre fourrures. Au moment du départ, à l'approche de l'hiver, on a une dernière vision du « grand ciel », rempli d'oiseaux migrateurs. C'est beau, c'est puissamment simple et beau. Oui, sûrement un des films les plus poétiques que j'aie jamais vus.

Éléments d'une littérature :

Randonnées extravagantes.
Voyages parmi les idées et les îles.
Les chants du dragon dans le tronc de l'arbre mort.
Les cinq pétales ouverts, le fruit mûr.
Les aspirations de l'oie sauvage auxquelles ne peuvent rien comprendre les poussins qui pépient.
Le geste qui peut remuer ciel et terre.
Séjour dans la caverne du dragon bleu.
Vie et pensée itinérantes.
Une voie sans nom.
Marcher seul sous le ciel rouge.

Chevaucher le tigre.
Voyager sur le fleuve du temps et de soi-même.
Écouter les cris dans la rue et le vent dans les pins.
Connaître la porte au fond de la ruelle et la cascade sur la montagne.
Avoir l'esprit tranquille, de sorte que même le feu est rafraîchissant.
Suivre toutes les étapes de la sensation sur le chemin de la grande connaissance.
Être sur la route sans avoir quitté la maison, être dans la maison sans avoir quitté la route.
Accumuler les images de ce qui n'a pas d'image.
S'en aller en Orient le matin, revenir en Occident le soir.
Prendre le bac, sans être pressé d'atteindre l'autre rive.
Parfois vêtu, parfois nu.
Sur le chemin qui traverse les trois royaumes.
Manger son riz dans cent villes, laver son bol sur cent îles.

Le chaos flottant, source de nouvelles organisations complexes. Ici, sur cette baie, dans cette ville. L'enchevêtrement des mâts des jonques. La foule des visages.

SOUTH CHINA SEA POEM

Poème-voyage. Entrecoupé de ballades du répertoire des « nomades de la mer ».

Poème-nomade-monde.

Pensée océanique. Structures ouvertes. Système mouvant.

> « Pas encore un tableau, mais une foule de recherches qui peuvent être fructueuses, beaucoup de documents qui me serviront pour longtemps... j'ai un but et je le poursuis toujours, accumulant des documents. »

GAUGUIN,
1892, Tahiti.

SOUTH CHINA SEA POEM

Impossible sans doute de traduire cela en français.
Trop de « de ».
Poème de la mer de Chine du Sud.
La sensation a foutu le camp.
Il ne reste que de la grammaire.

« En poésie, Dante est facteur d'instruments et non producteur d'images. Il est stratège de mutations et de croisements et rien moins que poète au sens européen, banalement culturel, de ce mot... Entre parenthèses, le cinéma d'aujourd'hui, avec ses métamorphoses de ténia, parodie cruellement le mode d'existence instrumental du discours poétique, puisque les séquences s'y déplacent sans lutte et ne font que se succéder... La qualité de la poésie se définit par la rapidité et la vigueur avec lesquelles elle impose ses projets péremptoires à la nature inerte, purement quantitative du lexique. Il faut traverser à la course toute la largeur d'un fleuve encombré de jonques mobiles en tous sens : ainsi se constitue le sens du discours poétique. Ce n'est pas un itinéraire qu'on peut retracer en interrogeant les bateliers : ils ne vous diront ni comment ni pourquoi vous avez sauté de jonque en jonque... Dante est par excellence le poète qui rend le sens mouvant et désintègre l'image. La composition de ses Chants rappelle un horaire d'avions ou l'infatigable circulation des pigeons voyageurs. Ainsi donc, le brouillon est inaltérable : c'est cette loi qui conserve l'énergie de l'œuvre. Pour arriver au but il faut prendre le vent et tenir compte de ce qu'il souffle dans un sens différent. La manœuvre de la voile ne connaît pas d'autre règle. Souvenons-nous que Dante a connu l'essor de la navigation... il a dû observer des manœuvres, des bordées... Quantité de chants s'ouvrent par un prélude impressionniste, dont la raison d'être est de livrer en un alphabet brouillé — embruns sautillants et scintillants d'alphabet — les éléments que la mutabilité de la matière poétique va contraindre à se souder en sens formulés... Ce chant nous dit la teneur du sang humain qui roule le sel de l'Océan. Le principe du voyage est inscrit dans le système des vaisseaux sanguins. Le sang est planétaire, solaire, salin... De toutes les circonvolutions de son cerveau l'Ulysse de Dante méprise la sclérose... Le métabolisme de la planète s'opère dans le sang — et l'Atlantique absorbe Ulysse, et avale son vaisseau de bois... Dante est antimoderniste. Son actualité est inépuisable, incalculable, intarissable... Il ne chôme pas : il doit aménager un espace ouvert au flux, ôter la cataracte d'une vision durcie, prendre soin que l'abondance de matière poétique qui s'épanche ne lui file pas entre les doigts... S'il renferme tant de choses, c'est qu'il a un secret : il ne met pas un seul mot de son cru. Il est poussé par tout ce qu'on voudra, sauf par l'imagination, l'esprit d'invention... Il écrit sous la dictée, c'est un copiste, c'est un traducteur... Point de syntaxe, mais un vol aimanté, une nostalgie des poupes de navire... »

OSSIP MANDELSTAM,
Entretien sur Dante.

Un jour
ayant traversé les neuf lieux sauvages
connu les déserts rouges du Sud
et les marais gelés du Nord
observé la vie des hommes dans les huit
[continents
Tchang Hēng
vit sur le bord de la route
les ossements de Tchouang-tseu
et voici ce qu'ils lui dirent :
«Je suis une vague
dans le fleuve de l'ombre et de la lumière
le ciel est mon lit, la terre mon coussin
le tonnerre est mon tambour, l'éclair mon
[éventail
le soleil ma bougie, la lune ma lampe
et la Voie lactée est l'allée de mon jardin... »

La mer ouverte, et le visage du vent d'est.

Mes cinq étapes :

Christianisme (sauvage et christique, pas jésuitique).
Humanisme (révolté, pas conventionnel et classiciste).
Égoïsme (transcendantal, pas borné).
Nihilisme (négativiste et joyeux, pas désespéré).
Surnihilisme (atopique, pas défini, en cours).

La voie du dehors.
En dehors de toute forme limitée.
Au-delà du religieux, du mythologique, du métaphysique.

Lettre à X., Nouméa :

Lorsque j'étais enfant, et que l'on me demandait ce que je voulais devenir « dans la vie », je répondais toujours : « Écumeur de rivages » *(beachcomber).* Encore aujourd'hui, ce mot continue à exercer une certaine fascination sur mon esprit, et peut-être même ai-je du mal à faire une distinction nette entre ce mot-là et celui d'écrivain...

En ce temps-là, j'étais « écumeur de rivages » sur la côte Ouest de l'ancienne Calédonie, et c'est probablement chez Robert Louis Stevenson, dont je parcourais les pages aussi avidement que je parcourais les plages à la recherche de *flotsam* et *jetsam*, que je suis tombé sur ce terme. Dans quel livre de Tusitala (« le conteur d'histoires »), comme l'appelaient les gens de Samoa, l'île où il devait finir ses jours, avais-je ainsi enrichi mon vocabulaire et mon imagination ? *Veillées d'Océanie ? Le Creux de la vague ?*

Nous autres nés derrière le vent du Nord, les îles de l'Océanie nous attirent comme un aimant. Il ne s'agit pas de fantaisies naïves, mais d'une véritable polarité. En fait, le premier Caledoche devait être un de mes ancêtres. Et quand Melville, qui avait pris dans mon esprit la relève de Stevenson, dans *Omoo,* rencontre du côté de Nuku-hiva un drôle de type, ex-médecin de bord, buveur et paillard, que les indigènes appellent *Long Ghost* (Long Spectre), il s'avère que c'est un de mes compatriotes... Mon cousin spirituel, le Breton Victor Segalen, continue la tradition : « Je t'ai dit avoir été heureux sous les Tropiques : c'est violemment vrai. Pendant deux ans, en Polynésie, j'ai mal dormi de joie. J'ai eu des réveils à pleurer d'ivresse du jour qui montait. » Et existe-t-il plus beau livre sur la vie profonde des îles que ses *Immémoriaux*, ce chant du cygne d'une culture ?

Cela continue, même de nos jours, dans notre modernité blindée et blasée. L'année dernière, à Paimpol en Bretagne, je parlais avec un vieux pêcheur qui me disait qu'en mer il avait des « rêves exotiques » et parfois même, me dit-il avec un petit sourire, « érotiques ». Il venait de sortir de l'hôpital, et là-bas à l'hôpital, il y a eu un programme à la télé : « Sur la Polynésie, Tahiti et tout ça. Je n'ai pas voulu le regarder. J'avais peur que ça me donne trop de regrets, trop de nostalgie. Je sais que je ne connaîtrai jamais ça. Enfin, plus personne ne connaît ça, peut-être. C'est fini, maintenant. »

Je crois, envers et contre tout, que rien n'est jamais fini, que tout est toujours possible. Les civilisations disparaissent, mais la vie subsiste, les courants souterrains continuent à couler, et les choses fondamentales connaissent un éternel retour...

Au cours de mon adolescence, mon père me disait de temps en temps : « Je sens qu'un de ces jours tu vas partir faire ton Gauguin. » Il avait lu comme moi le roman que Somerset Maugham avait consacré à la vie de Gauguin *(The Moon and Sixpence)* et l'itinéraire de ce Breton du Pérou dont Van Gogh disait qu'il « venait de loin et qu'il irait loin » (venir de loin étant une condition *sine qua non* pour aller loin, n'est-ce pas ?) ne l'avait pas laissé indifférent. Certes, je ne peignais pas, mais je faisais couler « assez d'encre pour faire flotter le *Queen Elizabeth* » (*dixit* mon père — on est un peu gascon et marseillais dans le Nord), et je cherchais, pour parler comme Gauguin, « un coin de moi-même encore inconnu » — en fait, plusieurs coins. J'allais finir par appeler cela le « nomadisme intellectuel ». Jusqu'ici, je n'ai touché à la Polynésie qu'en imagination, et anthropologiquement, si je puis dire. Pourquoi ? Pour deux raisons, peut-être. D'abord, parce qu'il n'est jamais bon, pour un écrivain du moins, de trouver trop tôt le paradis. Je pense à ce que t'Serstevens écrivait de Hiva-Oa à son copain des lettres Cendrars : « Ces admirables Marquises où je vivrais bien, si je n'étais un incurable civilisé, avec quatre mille ans de lectures dans le ciboulot... » Et puis ensuite, peut-être que j'attends le retour d'un cycle. A l'époque de Gauguin et de Segalen, quelque chose finissait. Qui sait si quelque chose d'autre, quelque chose d'à la fois polynésien et « post-moderne », ne pourrait pas naître aujourd'hui, ou demain ?

Il n'y a pas longtemps, à Taiwan, entre l'Asie et l'Océanie, j'ai mis la main sur une petite statuette noire : un homme accroupi, mains sur les genoux, faciès et posture typiquement polynésiens. Il est là, ses grands yeux pleins de vie, sur une étagère dans ma chambre, à côté d'un petit Bouddha à l'aise dans le vide. Il me semble entendre parfois un étrange dialogue entrecoupé de rires. C'est peut-être l'avenir qui parle.

Une nouvelle culture *pacifique* ?

Saison de pluie.
The rainy season in Hong Kong.

Derniers travaux de traduction. Ce poème de Wen T'ing-yun (IXe siècle) :

一 one
葉 leaf
葉 leaf
，
一 one
聲 sound
聲 sound
，
空 empty
階 堂前的石級 marche d'escalier
滴 drop
到 until
明 bright (dawn)

Sesshū revient chez lui après des études en Chine. Will Durant *(Histoire de la civilisation)* cite un vieux conte :

« Les artistes et les nobles chinois l'accompagnèrent jusqu'au bateau qui devait le ramener au Japon et l'inondèrent de blanches feuilles de papier en le suppliant de bien vouloir y tracer quelques traits au moins et de les leur renvoyer. »

C'est sans doute à cause de cette histoire que le peintre allait porter le nom de plume de Sesshū, qui signifie *bateau de neige.*

TABLE

www.ingramcontent.com/pod-product-compliance
Lightning Source LLC
LaVergne TN
LVHW011713230826
846091LV00015BA/4139

* 9 7 8 2 2 4 6 2 8 6 6 1 5 *